AF249759

Rapport

DU

SERVICE MÉDICAL

De l'année 1835,

FAIT

PAR LE DOCTEUR PERTUS.

NOTE PRÉLIMINAIRE.

Personne ne saurait contester les services que les Bureaux de Bienfaisance rendent à l'humanité; les économistes et les moralistes s'accordent à reconnaître que les secours portés au domicile même de l'indigent malade, sont préférables, dans le plus grand nombre des cas, au régime des hospices et hôpitaux; mais cette institution des secours à domicile, réclame d'importantes modifications, si l'on veut en recueillir tous les fruits que doit porter son principe salutaire.

Les médecins des Bureaux de Bienfaisance gémissent depuis longtemps des obstacles qu'ils rencontrent à chaque pas, dans l'accomplissement d'un mandat déjà bien pénible par lui-même : le soin de leur responsabilité, l'intérêt de l'humanité, leur font un devoir de provoquer des changemens indispensables à la répartition et au mode d'emploi de ces secours qui forment le bien mince budget des pauvres.

Désigné par le choix de mes honorables confrères pour rendre compte au Bureau de Bienfaisance du cinquième arrondissement, de l'état du service médical pendant l'année 1835, j'ai saisi cette occasion de développer quelques-unes de ces vérités qu'il faut se résoudre à répéter tant de fois, dont il faut épuiser la démonstration sous toutes les formes, avant d'en obtenir la reconnaissance officielle. Je suis loin d'avoir traité la question sous toutes les faces, ce serait la matière d'un volume qui demanderait plus de loisir et de talent que je ne puis en consacrer à ce laborieux et vaste sujet; toutefois, plusieurs de mes confrères ayant jugé que la publication de mon travail, si incomplet qu'il soit, pouvait être de quelqu'utilité, pour appeler l'attention sur la réforme qu'exige évidemment l'organisation actuelle du système des secours à domicile, je me suis décidé à cette publication.

D^r. P.

Rapport

DU

SERVICE MÉDICAL

de l'année 1835,

FAIT

PAR LE DOCTEUR PERTUS,

A l'Assemblée Générale du Bureau de Bienfaisance du 5ᵉ. arrondissement de la Ville de Paris, dans sa Séance du 28 septembre 1386.

————o————

Messieurs,

Appelé à vous présenter le compte rendu de nos travaux pendant l'année 1835, j'aurais voulu pouvoir satisfaire par la forme, comme par les résultats de mon travail, aux intentions bien louables du Bureau; vous offrir, à l'appui de considérations générales sur l'état du service, une statistique exacte de la population indigente qui a reçu nos soins, des affections diverses que nous avons eu à combattre, des causes probables de leur invasion, en rattachant ces causes aux circonstances d'âge, de sexe, de profession de chaque individu, aux influences des localités, en un mot, aux conditions plus ou moins défavorables dans lesquelles les sujets traités par nous se trouvent habituellement placés. Ce programme m'était imposé, et j'ai dû chercher d'abord à réunir les matériaux nécessaires pour une sorte de topographie hygiénique et médicale du cinquième arrondissement : les dispositions réglementaires que vous avez adoptées dans ce but, semblaient devoir ne me laisser qu'une tâche facile, et cependant j'ai trouvé cette tâche impraticable. Un semblable aveu vous a été fait l'année dernière par l'honorable confrère qui vous a présenté le compte rendu de 1834; il me faut confesser aujourd'hui le même embarras, bien que vos réglemens se soient augmentés depuis cette époque de combinaisons nouvelles qui paraissaient propres à lever une partie des difficultés déjà signalées. Mon travail, vous le savez, ne pouvait avoir d'autre base que les feuilles de traitement tenues par chacun des médecins attachés à votre Bureau; le petit nombre que j'en ai pu recueillir ne me permet pas de vous offrir aucun résultat de quelque valeur.

Est-ce à dire, Messieurs, que le service médical du cinquième arrondissement a souffert, ou que vos médecins opposent une force d'inertie, une résistance systématique à l'accomplissement de la pensée utile que votre Bureau, le premier, a heureusement empruntée au règlement de la Société philantropique, la pensée d'une statistique médicale qui permette de constater, année par année, l'importance et le succès des secours donnés aux malades de la classe indigente et de diriger, par suite, l'attention de l'administration municipale sur les améliorations matérielles qui seules peuvent détruire à leur source une grande partie des maux, des infirmités devenues, dans l'état actuel de notre hygiène publique, un héritage forcé, pour le pauvre et l'ouvrier?

Non Messieurs, vos médecins n'ont point manqué au chevet de vos malades : ils sont sûrs, sous ce rapport, d'avoir rempli leur devoir dans toute son étendue. S'ils ont négligé d'apporter leur pierre à l'édifice de la statistique, la cause n'en est pas dans un sentiment d'opposition contre le principe même de la mesure arrêtée; vous la trouverez plutôt dans la difficulté d'une exécution consciencieuse, dans l'espèce de découragement dont on ne peut se défendre lorsqu'on entrevoit d'avance l'impossibilité d'obtenir des résultats qui satisfassent la raison et la vérité.

En effet, si l'idée d'une statistique médicale dressée pour chaque arrondissement de la ville de Paris est une idée excellente dans son principe et que l'avenir ne puisse manquer de féconder, peut-elle être appliquée, dès à présent, avec succès par les Médecins des Bureaux de Bienfaisance, dans l'état actuel de leur service, de leurs attributions, des moyens mis à leur disposition, dans les proportions étroites de l'échelle sur laquelle ils opèrent? Certes, le travail que vous leur demandez se rattache à des questions trop graves pour souffrir d'être traité avec légèreté. Ce n'est point une statistique idéale que vous attendez, ni qu'aucun de nous voudrait vous présenter. Plus les chiffres paraissent prêter de puissance aux faits, plus ils doivent être posés avec scrupule : le mensonge des chiffres est le plus odieux des mensonges; l'art de les grouper, l'art le plus détestable que la mauvaise foi et le charlatanisme aient imaginé. La statistique paraît être aujourd'hui la base de toutes les sciences économiques : en politique, en administration, en commerce et en industrie, elle semble devoir présider à toutes les opérations qui exigent des vues d'ensemble, et cependant, quelle confiance aveugle oserait-on raisonnablement lui accorder, quand on voit chaque jour, sur les questions les plus simples, sortir de son application les conséquences les plus contradictoires, en un mot, quand la statistique se réfute par la statistique : et encore nous ne parlons ici que des erreurs de bonne foi, des erreurs réciproques, imputables à l'imperfection des méthodes ou à l'insuffisance des moyens d'appréciation. Une bonne statistique, ou en d'autres termes, la vérité réduite en chiffres, par rapport à une masse de faits purement matériels, ne peut s'obtenir qu'à des conditions extrêmement rigoureuses. Que sera-ce donc, s'il s'agit d'appliquer cette méthode si périlleuse à des faits produits, les uns par des causes permanentes, les autres par des causes accidentelles, ceux-ci par des causes isolées, ceux-là par des causes complexes se rattachant à la fois à des phénomènes physiques, à des phénomènes de l'ordre moral ? C'est cependant sur des observations aussi délicates et aussi compliquées que repose nécessairement une statistique médicale consciencieuse. Sans doute, lorsque vous en avez adopté l'idée, vous n'avez pas envisagé les immenses difficultés dont elle est, pour ainsi dire, hérissée, parce que ces difficultés ne sont pas toutes absolues; elles tiennent à la position incomplète de vos médecins, à leur intervention vraiment éphémère et transitoire dans le traitement des malades ; ils ne peuvent vous offrir que des observations passagères, que vous rendre compte de quelques incidens des souffrances du pauvre ; c'est l'hôpital qui sait le reste ; c'est à l'hôpital qu'il faut conclure et non pas dans les Bureaux de Bienfaisance.

Vous savez, en effet, Messieurs, que l'indigent, aussitôt qu'il est atteint de quelque maladie d'un caractère grave, est dirigé sur les hôpitaux, lors même qu'il pourrait trouver une assistance suffisante dans les soins du Bureau. L'habitude et le préjugé le veulent ainsi. Si l'indigent doit revenir entre vos mains, ce n'est plus qu'à titre de convalescent. Les médecins des Bureaux de Bienfaisance n'ont donc pour clientelle ordinaire que la classe d'indigens que les hôpitaux ne voudraient pas recevoir, soit à cause du peu de gravité de leurs affections morbides, soit parce que ces affections sont passées à l'état chronique ou même devenues incurables. Notre rôle n'est ainsi, la plupart du temps, que celui d'administrateurs de looks ; si l'on vient à nos consultations, ce sera pour obtenir, à titre de prescription, quelques cartes de bouillon ; quant à la médecine, la médecine dans toute son étendue, nous ne l'exerçons pas sur vos malades. Dans cette position, toute secondaire, est-on bien fondé à venir nous demander «Qu'avez-vous fait des pauvres malades du 5°. arrondissement? Rendez-nous compte des maux qui les assiègent et des secours que vous leur avez portés ; combien ont succombé sous telles ou telles influences, combien vous doivent leur guérison?» Nous ne pouvons vous parler que de la part incertaine qui nous a été laissée ; nous ne pouvons vous lever qu'un coin du rideau, et certes, ce n'est pas sur des données aussi incomplètes, aussi fugitives qu'il faut asseoir une statistique demandée dans l'intérêt de la vérité.

C'est ici le cas d'examiner un instant, Messieurs, si la division du service des malades telle qu'elle existe entre les hôpitaux et les Bureaux de Bienfaisance, n'a pas cessé d'être en harmonie avec le progrès social, si l'amélioration matérielle et morale de la classe indigente ne réclame pas l'extension des secours à domicile. Il y a longtemps que cette question est agitée, par les économistes, sous le point de vue des voies et moyens, par les moralistes, sous le point de vue du perfectionnement des mœurs du peuple. Dès 1816, nous la voyons soumise au Conseil général des hospices, dans un rapport spécial sur la nouvelle organisation des secours publics. Permettez-moi, Messieurs, de vous citer un passage de ce rapport où sont indiquées sommairement, mais avec une grande justesse, les considérations élevées qui militent puissamment en faveur des secours à domicile.

« Ces secours sont peut-être la branche la plus importante et la plus in-
» téressante des secours publics. Les hôpitaux ne doivent en être en quelque
» sorte que le supplément ; ils sont nécessaires pour ceux qui se trouvent
» dans un dénuement absolu, sans parens, sans amis, sans aucuns moyens
» personnels d'existence ; mais à l'aide des secours à domicile, on peut
» diminuer considérablement le nombre de ceux qui demandent à y être
» admis, en les retenant dans le sein de leur famille. Il est plus satisfaisant
» pour le pauvre malade ou infirme d'être assisté chez lui et d'y recevoir les
» soins de sa femme, de ses enfans ou de ses parens, que de se voir, pour
» ainsi dire isolé, en se trouvant placé dans un hôpital au milieu d'indivi-
» dus qui ne lui tiennent par aucun lien, ni du sang ni de l'amitié.

» La morale publique ne peut que gagner à ce mode de secours qui
» tend à resserrer les liens de la famille et à aider des enfans à remplir un
» devoir que leur prescrit la nature. »

Oui, Messieurs, il faut le reconnaître, le rôle des hôpitaux doit changer. Comme tant d'autres institutions, ils attendent une réforme ; car, aujourd'hui, leur influence est démoralisante sur un grand nombre d'individus, funeste et souvent mortelle pour la portion la plus intéressante des malheureux dévoués à ce triste refuge. Qu'on ne nous accuse pas de dire qu'il faut fermer les portes des hôpitaux ; nous le savons bien, notre civilisation, nos mœurs sont loin d'être arrivées à ce point, que tout être souffrant soit sûr de trouver dans son domicile même une assistance suffisante ; mais déjà, la société a des moyens d'action assez considérables pour diminuer de jour en jour l'encombrement des hôpitaux, pour épargner la terreur de ce séjour à quiconque possède un abri convenable, est entouré d'une famille ou de quelques personnes charitables. Nous ne voulons pas disputer aux hôpitaux les services qu'ils ont rendu à la société ; la science médicale leur doit les nombreuses observations dont son domaine s'est agrandi ; leurs amphithéâtres si richement pourvus ont fait faire d'immenses progrès aux connaissances anatomiques ; la hardiesse et le nombre presqu'incroyable des opérations qui s'y pratiquent en font une école précieuse pour les jeunes médecins pressés de soumettre de brillantes théories au contrôle de l'expérience ; cependant, si toutes les âmes honnêtes et douées de quelque sensibilité se révoltent à l'idée de l'hôpital, si ce mot, au lieu de sa signification douce et rassurante est devenu une menace affreuse, s'il a pris place dans le vocabulaire des malédictions du peuple, si l'on voit tant de pauvres malades tomber en délire à l'aspect du brancart qui vient les transporter dans ces demeures redoutées, il faut reconnaître, ce me semble, que les hôpitaux ne répondent plus à leur destination, et qu'une aversion si profonde, si générale, doit être justifiée par de grands abus dans le régime de ces établissemens. Nous ne voulons pas ici faire une enquête hors des bornes de notre mission ; il nous suffit de vous rappeler les répugnances bien avérées du pauvre, répugnances qui ont pour elles l'autorité du vieil adage : *Vox populi, vox dei.*

Écoutez, d'autre part, les plaintes du moraliste. Quels désordres domestiques, quels malheurs souvent irréparables n'entraîne pas l'enlèvement d'un père, d'une mère, du milieu de leurs enfans, de leur humble ménage ! En le secourant à son domicile, le pauvre malade aurait pu, par sa présence, par la vue de ses souffrances, contenir les mauvais penchans des enfans, les préserver de toute contagion morale ; occupés autour du lit de leur père, ils n'auraient songé qu'à porter quelqu'adoucissement à ses maux ; visités par des personnes bienfaisantes, un juste éloge donné à leur piété filiale, de salutaires recommandations auraient échauffé chez eux le noble orgueil de bien faire, auraient donné une direction sérieuse à leurs pensées ; mais le père est à l'hôpital... et, dès ce moment, les liens de la famille sont relâchés, souvent brisés. Les enfans oublient leur père, ils ne s'inquiètent plus de lui porter secours; ils vont mendier pour eux-mêmes ou bien se livrer à tous les écarts de l'oisiveté, aux tentations du vice; heureux le pauvre malade, si à son retour, il ne trouve sous son toît que le désordre et la misère ; heureux si le déshonneur, si l'infamie n'y ont pas laissé l'empreinte impure de leur passage !

Vous voyez, Messieurs, quels graves intérêts se rattachent au développement des secours à domicile ; et, cependant, ce développement s'ajourne toujours.

Longtemps on a élevé l'objection de la plus grande dépense qu'entraînerait le traitement des malades dans leur propre demeure ; mais cette objection perd chaque jour de sa force, par les résultats qu'obtiennent les Bureaux de Bienfaisance. Il est facile de démontrer que dans la plupart des cas, le malade peut être traité à moins de frais à son domicile que dans les hôpitaux. Ces établissemens auraient donc un intérêt évident à augmenter les subventions qu'ils fournissent aux Bureaux de Bienfaisance; ils verraient diminuer, dans une proportion considérable, les charges actuelles de leur service intérieur; tout serait concilié, le besoin de l'économie avec le soulagement véritable d'un plus grand nombre d'individus, les devoirs de l'humanité avec le soin de la morale publique. D'ailleurs, la part des hôpitaux sera toujours assez grande; on les verra suffisamment alimentés par cette portion nombreuse de la population, composée d'êtres entièrement isolés, qui n'ont à recevoir les soins de personne, qui n'ont qu'un domicile au jour le jour, qui mourraient infailliblement dans leur dénuement et leur solitude; pour ceux là, l'hôpital est une nécessité, souvent une triste habitude qui leur en rend le séjour plus supportable ; derrière eux rien ne souffre, rien n'est en danger; pour eux l'hospice conserve son acception naturelle ; qu'ils trouvent une place dans ce refuge et l'humanité sera satisfaite et la morale aura moins à regretter.

En attendant qu'un avenir plus ou moins éloigné amène une réforme si désirable, vous pourriez facilement, Messieurs, opérer, à l'instant même, une amélioration notable dans le système actuel des secours à domicile. Il s'agirait d'augmenter les moyens d'action de vos médecins près des malades, en leur conférant la faculté de concourir par eux-mêmes à la distribution des secours alimentaires, des secours en linge, en chauffage et même en argent, s'il y avait lieu ; nous ne pouvons, sans doute, que rendre hommage au zèle, aux intentions si pures des honorables citoyens qui se dévouent à cette tâche pénible ; mais il est impossible de ne pas reconnaître que du moment où il s'agit d'un indigent malade, le médecin est bien plus à même de donner à ces secours la direction la plus utile et la plus prompte, de les appliquer à propos, de les faire tourner au soulagement des individus dont la position les réclame sans le moindre retard. La plus cruelle maladie du pauvre, c'est la misère : pour que le médecin puisse le guérir, il ne lui suffit pas de prescrire tels ou tels moyens prophylactiques ; son ordonnance est une lettre morte si ces moyens ne sont pas employés convenablement et appuyés de secours accessoires, sans lesquels leur effet serait paralysé. Combien de fois ne nous sommes-nous pas retirés avec un amer découragement du grabat d'un malade, à l'aspect du dénuement complet des choses les plus indispensables pour l'application des premiers remèdes : avant que le moindre secours matériel ait pu arriver à travers la filière des formalités administratives, souvent, malgré sa répugnance profonde, le malade s'est laissé traîner à l'hôpital ; souvent il a succombé au milieu de sa pénurie. Croyez-vous, Messieurs, que ce ne soit pas un sentiment bien pénible que l'impuissance où nous sommes de procurer un soulagement immédiat à de pareilles détresses ; un spectacle bien déchirant que celui de voir mourir un malade, non parce que les secours de l'art lui manquent, mais parce que nous n'avons pu disposer, à l'instant même, d'un peu de feu pour ranimer sa chaleur vitale, d'un peu de linge pour étancher ses sueurs ? et, si auprès de cet infortuné se débattent dans les angoisses de la faim, une femme, des enfans, le médecin ne peut pas leur dire : Tenez, voici pour avoir du pain ! Ah ! Messieurs, notre mission est bien triste ; mais ce n'est pas pour nous, c'est pour ces malheureux que nous vous proposons d'augmenter nos moyens d'action ; puisque vous avez la généreuse volonté de les secourir, épargnez-leur cette amère dérision de secours tellement combinés, que l'un manque toujours à l'autre, tandis qu'ils devraient être indivisibles. Ne craignez pas d'augmenter notre responsabilité ; vous la diminuerez au contraire en nous mettant à même d'y faire honneur. Quant à vous, Messieurs, votre zèle, votre dévouement seront toujours suffisamment occupés près des indigens non malades, et d'ailleurs, il vous restera encore cette haute surveillance qui fait que chacun est à son poste et que chaque chose arrive à sa destination. Nous n'hésitons pas à le dire ; toutes les fois qu'il s'agit d'un indigent malade, le médecin est le seul juge compétent pour prononcer sur l'opportunité de tous les secours dont votre charité dispose. Ainsi, dans le nouvel ordre de choses que nous appelons de nos vœux, le malade dont l'état réclame un régime sévère, ne recevra pas, comme aujourd'hui, par une main plus charitable que prudente, des alimens qui ne peuvent lui être que funestes : la classe la plus souffrante des indigens participera à une distribution rationnelle des secours qui lui manquent si souvent, parce qu'ils sont devenus une sorte de patrimoine pour tous les indigens inscrits indistinctement sur vos registres ; loin de moi de contester que tous ne soient dignes d'intérêt par leur position et leur bonne conduite ; cependant ils ne devraient pas, dans un système de charité bien entendu et surtout eu égard à l'insuffisance de vos moyens, jouir d'une sorte de privilége au détriment de souffrances plus vives. Tout indigent peut se réclamer de vous, mais l'indigent malade a le plus de droits à votre commisération ; c'est lorsque sa part est faite qu'on doit passer au degré inférieur de détresse. Cette part, nous le répétons, le médecin seul peut la faire avec discernement. S'il doit en résulter pour nous un surcroît de détails, nous serons loin de nous en plaindre ; nous demanderons même à vous rendre le compte le plus exact de notre gestion, et sous ce rapport particulier, vous réaliserez une amélioration fort désirable pour la régularité de votre administration ; car je ne sais pas que jusqu'à présent, les secours en nature soient soumis, comme les médicamens, à un contrôle spécial qui permette d'apprécier le plus ou moins d'utilité de leur emploi.

Je voudrais aussi, dans l'intérêt des secours à domicile, que les malades ne pussent être dirigés sur les hôpitaux qu'autant que le médecin en aurait reconnu la nécessité ; il arrive , au contraire , qu'après deux ou trois visites rendues à un malade que nous pourrions très bien soigner chez lui , nous apprenons qu'il a été conduit à l'hôpital d'après les avis peu éclairés des personnes qui l'entourent ; nous ne pouvons reconnaître qu'aux médecins le droit de prononcer sur un parti si grave ; seuls, ils peuvent décider si tel ou tel malade doit abandonner son domicile pour le séjour de l'hôpital ; seuls, ils peuvent combattre ces habitudes d'insouciance, d'égoïsme , qui tendent à conserver aux hôpitaux une clientelle trop nombreuse ; il nous appartient d'imposer à des parens le devoir sacré de soigner celui qui partage leur toît et leur pain, celui qui concourait à l'entretien de la communauté et qui recouvrera bien plus vite, au milieu des siens , la force nécessaire pour reprendre son labeur.

La prérogative que nous demandons est, comme vous le voyez, toute d'ordre et de moralité. Plus d'une fois déjà, nous avons éprouvé qu'il suffisait de l'autorité de notre parole pour rappeler à de meilleurs sentimens, à la pudeur de la famille, des individus tout près d'abandonner un vieux père, une femme, leurs enfans, à la fortune de l'hôpital. Un seul mot sévère les faisait rougir de l'oubli de leur devoir, et nous les voyions ensuite chercher à se réhabiliter dans notre estime par les soins qu'ils prodiguaient au malade.

Je livre , Messieurs, ces observations à toute votre sagesse ; si j'étais assez heureux pour faire passer dans vos esprits la conviction profonde qui me les a dictées, je me féliciterais bien plus d'un tel résultat, que si j'avais été à même de vous offrir la meilleure des statistiques. Je ne crains pas d'avancer que mes vœux sont partagés par l'immense majorité des médecins attachés aux Bureaux de Bienfaisance. Dans le but d'en amener le plutôt possible l'accomplissement , nous avons reconnu la nécessité de réunir en un faisceau commun, nos efforts et les lumières qu'une expérience plus ou moins longue nous a données. Vous avez pu être informés déjà des mesures préliminaires dont nous sollicitons l'adoption et qui tendent à constituer les médecins de bienfaisance en un corps régulièrement organisé qui offre à la société toutes les garanties désirables. Nous avons demandé à concourir tant aux délibérations des Bureaux sur toutes les matières qui intéressent le service de santé, qu'à l'élection des nouveaux confrères à introduire dans nos rangs. Ces demandes vous prouvent toute l'importance que nous attachons à notre mission ; nous désirons, d'un côté, et il me semble à juste titre, ne pas rester étrangers à la discussion de mesures qui concernent notre spécialité ; d'un autre côté, n'est-il pas naturel, nécessaire même, que nous prenions part à la nomination de nos nouveaux confrères, que le médecin de votre choix réunisse notre suffrage au vôtre, afin que sa nomination soit justifiée sous tous les rapports. Il faut l'avouer, Messieurs, notre profession, le ministère élevé que nous exerçons, n'est pas resté, plus que les autres fonctions de l'intelligence et du savoir, à l'abri des invasions du charlatanisme et de la spéculation. L'honneur du corps médical n'était-il pas menacé tout récemment par je ne sais quelle Société commerciale *sanitaire,* exploitant en commandite la santé des citoyens sous le pavillon de la bienheureuse *Prime* toujours offerte à la cupidité et à la sottise? Quelle n'a pas été notre indignation de voir cette entreprise étrange appuyer ses prospectus du patronage de noms honorables dans la science, ou qu'on voudrait honorer en raison de leur célébrité ! Dieu soit loué ! le bon sens public et un reste de pudeur ont fait avorter à l'instant même une conception si scandaleuse ; mais je vous le demande, Messieurs, n'auriez-vous pas craint de donner pour médecin à vos pauvres un des *commis* de la Société sanitaire? Certes, le soin de notre propre considération nous aurait forcé de protester contre un tel choix, s'il eût été possible. C'est pour éviter dans d'autres circonstances des protestations toujours fâcheuses, que nous tenons à être représentés dans l'élection de vos médecins, afin que nous puissions toujours répondre les uns des autres et que le titre de médecin de bienfaisance soit pour le pauvre la garantie d'un dévouement éclairé à l'adoucissement de ses maux.

Je me suis laissé entraîner à vous exposer les idées qui nous préoccupent sur l'amélioration des secours à domicile, persuadé que votre intérêt me suivrait dans cette excursion générale et 'que vous ne la regarderiez pas comme une digression étrangère au but spécial de ce rapport; il me reste maintenant à vous soumettre les résultats et les observations que j'ai pu recueillir sur l'état du service, pendant l'année 1835.

(Cette partie, toute spéciale du Rapport, n'a pas paru devoir être reproduite ici.)

Le service des maisons de secours réclame une amélioration de détail qui, pour être secondaire, n'en a pas moins d'importance : je veux parler du mode de distribution des potions et pommades. Il serait nécessaire que le Bureau mît à la disposition des Sœurs un matériel convenable pour empêcher que ces médicamens ne s'altèrent dans les mains de l'indigent. Le plus souvent, les vases ou bouteilles présentés par les malades ont contenu des substances qui dénaturent promptement, malgré le lavage, la tisane ou la potion qu'on y verse, et les rendent insalubres d'efficaces qu'elles devraient être. Quant aux pommades et onguens, on se contente de les envelopper d'un peu de papier, et bientôt elles sont souillées par le contact de corps étrangers, par la poussière, ou bien elles s'égarent et ne se retrouvent que hors de service. Il faudrait que les Sœurs pussent distribuer les médicamens dans de petits pots et dans des bouteilles qu'elles auraient soin de faire rentrer lorsque les malades n'en auraient plus besoin: il s'agirait ici d'une dépense première peu considérable et d'un entretien auquel vous pourriez facilement suffire.

Les réunions trimestrielles de votre Bureau n'ont pas été suivies avec l'exactitude désirable, nous vous l'avouons, Messieurs, à titre de confession. C'est une lacune fâcheuse dans le service, car ces réunions sont un des moyens les plus efficaces d'entretenir l'unité des vues, de signaler les abus ou les imperfections du régime actuel et de marcher d'un commun accord dans la voie des améliorations de détail ; nous ne devons pas perdre de vue ces avantages et que ceux d'entre-nous qui n'en auraient pas senti l'importance s'en pénètrent désormais.

En terminant ce rapport, je regrette, Messieurs, que, malgré sa lon-
gueur, il soit trop court de tous les faits sur lesquels vous auriez désiré
être le plus particulièrement éclairés; le respect de la vérité m'interdisait
de suppléer par aucun artifice à la rareté des matériaux que j'ai pu ras-
sembler. Je n'avais qu'à vous signaler les causes de ce *déficit* dont vos médecins ne sauraient répondre dans la position trop incomplète qu'ils
occupent aujourd'hui. Le jour où un bon compte moral, tel que vous
l'entendez, tel que vous le demandez depuis trois ans, pourra vous être
présenté; ce jour, Messieurs , il ne faut l'attendre que lorsque le service
de santé aura été reconstitué sur les bases principales que j'ai eu l'honneur de vous indiquer; jusque là, nous devons marcher à tâtons, parce-
que nous serons encore dans les ténèbres; jusque là votre bienfaisance
pourra s'appuyer plutôt de ses bonnes intentions que de ses résultats
positifs. Loin de moi l'idée de vouloir porter dans vos esprits un funeste
découragement; mes paroles n'ont d'autre but que d'exciter les efforts de
votre philanthropie; vous le savez, aucun acte de l'œuvre sociale ne peut
s'accomplir que par une lutte entre le bien et le mal. Le progrès est la
victoire du bien; c'est à cette victoire que nous vous appelons, en dé-
truisant l'un après l'autre les obstacles qui empêchent l'administration
des secours à domicile de s'asseoir à son véritable rang, à la tête de toutes
les institutions fondées par la charité publique.

Imprimerie de J.-S. CORDIER, rue du Ponceau, n°. 24, à Paris.